FSC
www.fsc.org
MIXTO
Papel procedente de fuentes responsables
Paper from responsible sources
FSC® C105338

AF672837

Editorial: BoD · Books on Demand,
Calle de Manzanares, 4, 28005 Madrid,
bod@bod.com.es
Impresión: Libri Plureos GmbH,
Friedensallee 273, 22763 Hamburg
(Alemania)
ISBN: 978-8-4132-6863-7

LA ÚLTIMA GENERACIÓN

ALTERNATIVA O DECEPCIÓN HUMANA?

CESÁREO NARANJOS VELAŹQUEZ

Caminar sin rumbo, así, cómo volver después de haberlo entregado todo.

Tus ánimos no te alientan más, solo de resignan a pedirte paz, tranquilidad y reposo para tu cansado cuerpo.

Por un momento, tus pensamientos luchan una interminable guerra para ya no recordar, pretenden dejar todo atrás, hacerte olvidar de lo hecho y soñado sin tener que responder más, ni corresponder a nadie.

una vez agotada tu búsqueda, te refugias en un lugar, despiertas acurrucado al lado de un sofá ya viejo, escuchas los murmullos que salen del espejo, tus pasos se vuelven ecos que recorren el pasillo de tu casa ya desierta, no estás tranquilo, pero confortable.

El aburrimiento, te hace levantarte, sales a la calle y empiezas a mirar a tu alrededor, nadie percibe que tú estás ahí, a nadie le interesa tu persona, ni tu presencia, todos van y vienen, los ruidos ensordecedores, aumentan al paso de las horas, el Kiosco, donde siempre acostumbras a comprarte un café de esos de mala calidad, aún está repleto de periódicos, tal parece que ya a nadie le interesa leer las noticias, las cuales por lo general, siempre te dicen lo mismo.

Con el café en la mano, te diriges a un parque, en él, solo hay gente anciana sentada, jubilados alimentando las palomas con migajas de pan seco, en la banca de al lado, está sentado un hombre que te conoce, por lo menos sabe donde vives, él trabaja en el servicio recolector de basura. Te pregunta si estabas de vacaciones, pues ha pasado frente a tu casa y no ha recogido nada de basura, pero él no saben que pasar una crisis, la cual te a forzado a cuidar el planeta, no tienes dinero para comprar comida, el café casi frio que te estabas bebiendo, es tirado por una persona que ni se detiene para preguntarte si todo está bien, solo mira y continua su rumbo, agachado, sin mirar a dónde va.

El ir y Venir de la gente te cuestiona, a dónde irán todos ellos, pero te das cuenta que ni ellos lo saben.

Todas las personas se mantienen ocupadas, sin darse cuenta que ya no viven, les han castrado la imaginación y ya no tienen nada que pensar y por lo tanto, nada que perder.

Deambular por las calles de la ciudad, te ha llevado a descubrir la verdadera existencia humana, te diste cuenta de lo putrefacta que está la sociedad, se han convertido en esclavos que han adoptado como su patrón de conducta a la obediencia sin protesta, todos están a merced de los mercenarios del pensamiento, de los que proponen un nuevo cambio global para todos, pero que al final, solo unos cuantos han sido siempre los beneficiados.

Ellos, la cúpula poderosa, los controladores de dineros y mentes, saben muy bien como hacerlo, porque saben que éstos, los ciudadanos, con un poco de confort, realmente quedarán convencidos de todo, al final, nada se les interpone, lo tienen todo.

Ya es tarde para empezar.

La gente está enviciada, sus pensamientos, son demasiado unilaterales y si pensarás algo que no vaya de acuerdo a sus ideas, te condenarían inmediatamente al purgatorio de la indiferencia, sin tener derecho a réplica o argumentación.

El odio entre diferentes ideologías, hará aún más fácil el trabajo a los capitalistas modernos.

Has logrado comprender que las "castas capitalistas y cibernéticas", son movidas y diseñadas al ritmo de los medios de comunicación, para que así, las personas, no se den cuenta que han perdido hasta su más intima expresión, su identidad sexual.

La formación de un pensamiento colectivo, los ha embaucado completamente, sometiéndolos perversamente al camino de la obediencia, la cual se ha encargado de ir programando sus mentes, sus intereses, para que solo puedan hablan por hablar y todo lo crean, para que ya no puedan, ni deseen criticar.

Ahora, ellos ya no analizan, ya no piensan libremente, sí, pretenden soñar, pero se niegan a despertar de la miserable pesadilla que los mantiene dormidos, oprimidos y sumisos.

Claramente se puede ver, cómo el capitalismo ha trabajado en ellos, para mantenerlos así, obedientes y tristemente embobecidos.

Al humano moderno se les ha manipulado sus sentimientos, de la forma más sutil, dándole acceso a la tecnología y esto en realidad, no creo que haya sido tan difícil de concretarlo, son tan ambiciosos, arrogantes y a la vez, efímeros, que no tienen la menor idea de comprender que solo los han convertido en objetos vivientes, maquinas humanas que solo servirán para producir y producir, consumir y consumir.

-Aveces, cuando camino por las mismas calles de mi ciudad, me siento atrapado, mis movimientos se limitan a sin números de reglas que no nos permiten descubrir, qué es lo que realmente estamos haciendo, nos involucramos en múltiples tareas, sin terminar una sola de ellas y es ahí cuándo nos empezamos a preguntar si, realmente tiene sentido luchar por algo que te propones, si de verdad es posible cambiar eso qué tanto lesiona a la humanidad y a nuestro mundo, mis inconclusas ideas, no me abren panoramas, sino más complicaciones a mi existencia.

No tengo duda de la capacidad del hombre, hasta ahora, siempre se ha empeñado en crecer y crear, fue tan grande que sin darse cuenta, poco a poco fue creando su propia pobreza, pues nos hemos convertido en una diminuta reprogramación mental, que siempre ha dependido de filosofías externas a nuestra naturaleza y qué lo único que hacemos con ellas, es perderse asimismo-.

Las personas, no se dan cuenta de tus pensamientos, porque quizás también ellas caminan pensando lo mismo, pero ese temor a no mostrar lo que son, les impide comunicarse y por consecuencia, los aleja y ese mismo temor, los encierra en limitados comportamientos, hasta convertirse en nómadas emocionales, ermitaños que viven adheridos a un teléfono, "zombies" atrapados en la red, sin darse cuenta de ello.

Deambulamos en el mundo ficticio de la información, un mundo qué a pesar de la amplitud de la red cibernética, la gente se ha desinformado aún más y los ha cambiado, volviéndolos agresivamente idiotas que compiten a tener más "seguidores o Likes", sus amistades, son ficticias, tal como su realidad virtual a la que han sido diseñados a vivir.
Quizás te preguntarás, hasta cuándo terminará todo esto...

Te lo diré: -Nunca!

Mientras exista el humano, así será.

Dentro del universo en el que el humano está acostumbrado a vivir, se van creando, diseñando grupos de personas, los cuales, siempre en determinado tiempo, tendrán una función en esa casta urbana, a veces, estos grupos son tan importantes para la sociedad, pues con ellos, se pueden crear grupos subordinados y de poder , para que con ellos, los políticos y capitalistas, puedan gobernar naciones.

Los grupos minoritarios, son personas inconformes a los cuales se les ha ocurrido pensar, qué deben luchar por "sus derechos", derechos que muchas veces, ellos mismos se los han inventado, estos a su vez, se sienten discriminados y excluidos, sin embargo, son ellos mismos los que se han ido apartando de la sociedad, si ellos, desde el principio tomaran una actitud neutral ante la sociedad, entonces, no habría semejante distanciamiento y podrían, aún colaborar juntos.

Desde mi punto de vista, cada grupo urbano, es manejado al antojo de las necesidades de los políticos, pues en realidad son a ellos a quienes siempre beneficiará la actitud de cada grupo social y para cada uno de esos grupos, siempre se creará un Partido político, el cual se encargará de organizarlos, no solo por intereses emocionales o ideológicos, sino por estatus económicos, académicos y físicos, cada uno según lo que corresponda a las necesidades del Partido en el que ellos militen.

Si los Partidos políticos tuvieran de verdad un interés social que beneficiara a todos, entonces, deberían tomar diferentes estatutos de cada uno de ellos, para generar así, el que sería, el mejor Partido político de toda la historia, sin embargo, ésto, no sería posible, sino no se tiene a las personas adecuadas, las que cumplan con el perfil social y político, para garantizar la ejecución imparcial de cada uno de los estatutos establecidos en los principios básicos de cada Partido político, todos ellos pretenden ganar elecciones, por eso, para ellos el poder es un premio que les brinda estatus y así lograr lo anhelado, la impunidad.

Poco a poco, vamos enfocando nuestra visión en algunas fases de diferentes Partidos políticos y por su puesto, también de algunas organizaciones políticas y sociales.

Todos los Partidos políticos que que pregonan pertenecer a una casta de izquierda o comunista, siempre han establecido sus bases de poder, en el pensamiento de las personas más necesitadas, por ejemplo, tratan siempre de involucrar y activar a las masas sociales más paupérrimas o a las masas dedicadas a la productividad, me refiero a la clase obrera, la gente de trabajos comunes y básicos en la sociedad, porque, son ellos los que siempre respaldarán los llamados principios básicos del comunismo, en los cuales se establece dar a la ciudadanía todo, esto, dependiendo de sus necesidades básicas, pero la sociedad tiene diversos intereses y por consecuencia diversas necesidades, así qué, si ese principio se estableciera a la par de la letra, llevaría a toda sociedad a la quiebra, pues habría una insuficiencia en cada una de las necesidades, por ejemplo, a los trabajadores campesinos, se les debería pagar más que un salario mínimo, pues son ellos los encargados de que todas las demás personas puedan tener algo que comer en sus mesas, son los que trabajan la tierra, son ellos la base de una buena salud para sociedad urbana.

El comunismo, les pretendía enseñar a compartir, a distribuir lo que tenían, pero nunca los preparó para producir con medida, porque entonces todo hubiera sido un incalculable fracaso y se generaría un caos, pero, por qué sucedería esto, pues, para poder distribuir lo necesario, se tienen que determinar las necesidades básicas de cada persona y eso depende mucho, no solo de un estatus económico, sino también intelectual y demográfico, pero esto, tampoco es parte de los intereses de los actuales Partidos comunistas, pues en su plataforma, no involucran realmente un interés social, sino una pretensión de querer seguir perteneciendo a esa cúpula de poder intransigente, que lucha por no desaparecer y no por servir.

Anteriormente, sobre todo, a principios de la década de los años 40's, los comunistas, socialistas, derechistas, liberales y conservadores, tuvieron la oportunidad de revindicarse y poder servir a la humanidad, sin embargo, su ambición y su intolerancia, se encargaron de hundirlos en una miserable actitud y con ella, cometer semejantes aberraciones contra la sociedad, actos de lesa humanidad.

Hace aproximadamente unos 30 años, los inconformes del sistema, normalmente se unían a organizaciones o partidos políticos de intereses similares al comunismo y estos se clasificaban entre ellos, siempre como una agrupación de izquierda, pues autodenominarse comunistas, les generaba grandes consecuencias, sobre todo ante una sociedad confusa, en la que ya nadie quería ser identificado como comunista, ya que eso, prácticamente podía determinar su estatus social y económico, sobre todo, en las diversas castas urbanas de las grandes ciudades, donde la ignorancia y pobreza, los hace pensar que portando los logos de marcas reconocidas, los hace pertenecer a un estatus social alto, aunque en realidad, estos individuos viajen en bus o tranvía y lo que tienen es porque lo han comprado a crédito, de lo contrario, no tendrían ni hambre, pues el hambre ya es muy cara para su nivel y estatus.

En esas décadas, el comunismo, encontró refugio en las personas con un interés más cercano al arte, ahí fue donde ejerció su más grande influencia en la sociedad, sobre todo, en los cineastas y pintores, muchos de ellos fueron quienes más se identificaron con esa idea farsante del comunismo y siempre pretendieron fomentarla y se ensalzaban ante los demás, presumiendo pertenecer al mundo intelectual, sin embargo ya a finales de la década de los 40's, se inició una campaña contra el pensamiento ideológico en el arte, pues ya había tomado una posición fundamental en la ideología de las personas.

Grandes pintores, sobre todo mexicanos, como Diego Rivera, Frida Kahlo, José Clemente Orozco y David Alfaro Siqueiros, eran profetas del comunismo en México, al sur del continente, artistas Pablo Neruda o como Picasso, En España, Remedios Varo, quien tuvo que migrar y refugiarse en México, Federico García Lorca, Luis Buñuel, que también se fue a México, todos ellos, predicaban la palabra del comunismo disfrazado.

Fue todo eso, lo que motivó a ejercer un cambio, fue entonces, cuándo le dieron más enfoque a una nueva corriente artística, la cual, pretendería rezagar toda corriente política identificada con el comunismo, "EL ARTE ABSTRACTO"y para eso, ya se tenía al artista perfecto.

Esta nueva corriente artística, sería encabezado por uno de los ahora, más caros y famosos artistas, el pintor Jackson Pollock.

Pollock, influenciado en parte, por las técnicas de un artista comunista, el pintor mexicano, David Alfaro Siqueiros, sin darse cuenta, había creado la que sería una guerra de exterminio contra el comunismo en el arte.

A partir de entonces, las expresiones comunistas en las artes, se convirtieron en persecuciones, exilio y negociaciones de las ideas, prácticamente, se estaba poniendo fin a una ideología que ya abarcaba un gran territorio en la sociedad del continente americano.

Los pintores, poco a poco fueron desapareciendo y con ellos, también se iba la idea de manifiesto comunista en la vida artística.

El arte abstracto, brindó una mayor conformidad al momento de crear arte, se sobre valoró tanto en muy corto tiempo, que muchos incursionaron en sus trazos, tan solo para poder vender mejor, lo abstracto del arte, fue la perversidad de la técnica artística y la tumba de una ideología romántica y revolucionaria en las artes.

Han pasado ya varias décadas, los actualmente humanos, ya no tienen idea de lo que anteriormente se conocía como educación, su transformación, los ha sofocado y condenado a no cuestionarse.

Por otra parte, muchos artistas actuales, ya no se esfuerzan al crear, porque ahora, solo se dedican a exponer lo más absurdo de la ignorancia, porque saben que la ignorancia, es un producto que vende y vende mucho.

Los otros, los que aún mantienen esa mecha encendida de la ideología romántica en el arte, no son preocupantes para el sistema, porque saben que ellos morirán así, pobres y románticos.

Antes no era así, lo recuerdo.

En la actualidad, no solamente se ha cambiado el comportamiento del hombre por el hombre, también se ha cambiado su forma de comunicarse, violando todas las reglas de una expresión clara y concisa.
Los movimientos sociales representados por minorías de preferencias sexuales diferentes, han tratado de penetrar la parte más sensible de la humanidad, lo más protegido de la sociedad contemporánea, su sagrada la familia.

La insistencia por querer ser escuchados y respetados, los hace violar los principios de toda sociedad, la cual los ha juzgado y condenado, convirtiéndolos en aberrantes seres, escoria social sin escrúpulos.

Es la sociedad la que ha emprendido una nueva guerra emocional, para esa sociedad, es comprensible que si ellos tienen una preferencia sexual diferente a la heterosexual, está bien, así son, pero no por ello tienen que insistir en imponer su ideología de género, no por ello tienen que atentar contra un idioma, queriendo cambiarlo.

Dentro de los principios básicos de una sociedad, está el respeto, pero, cómo puede una persona transexual pedir respeto y aceptación, si es esa misma persona la que no se ha aceptado asimismo, porqué tuvo que ir al cirujano para poder intentar cambiarse de sexualidad, a caso no es eso rechazo a su naturaleza humana, a caso, no es inconformidad e infelicidad.

El respeto y la aceptación proviene de uno mismo, no puedes respetar a quienes te atacan, por tan solo tener gustos y opiniones diferentes.

Ellos, los no adaptados, hablan de inclusión, incluso hay gobiernos que defienden esa ideología, pero si los cuestionas, entonces no tienen cómo argumentarla, su pobre discurso está lleno de odio y rechazo.

Varias veces me ha tocado ver, cómo esas personan que defienden la ideología de inclusión, aveces carecen de entendimiento de la misma y se vuelven vulgares y arrogantes, insensibles egoístas.

Una vez caminaba yo por la calle y vi que un grupo de jóvenes se estaban manifestando, ellos estaban parados en la banqueta, gritaban consignas, todos estaban disfrazados, parecía más un desfile de carnaval a una protesta,

"Viva la diversidad", "viva la inclusión", gritaban, mientras que, por la parte de atrás de su manifestación, en la misma calle, venía un hombre en silla de ruedas, les pidió el paso y ellos lo ignoraron, nadie escuchó o nadie quería escuchar al pobre hombre, otra persona que caminaba en la misma calle, empujó levemente a uno de los jóvenes homosexuales, para que éste, le cediera el paso a la persona en silla de ruedas, hasta ese momento, nadie antes había dicho algo, solo ignoraron al hombre de la silla de ruedas, sin embargo, al momento en que la otra persona empujó al homosexual, todos vieron, gritaron y reprimieron al peatón, sentenciándolo al mundo de los homofóbicos y sexistas, aunque en realidad, él solo quería ayudar a una persona en silla de ruedas, es así cómo ellos quieren ser respetados y van por las calles ondeando sus banderas, cuando en realidad solo son un acumulado de hipocresías nefastas y absurdas.

Es así como nos damos cuenta que ellos mismos, son unos fascistas narcisistas, egoístas sin escrúpulos, que solo quieren velar por sus intereses y vagan queriendo imponer su aberrante ideología, una ideología que no funciona, pues carece de todo fundamento científico, ético y moral, para una sociedad confundida y altamente confundidora.

Desde lo más profundo de las ideas, las personas deambulan buscando un refugio emocional, pero para eso, los controladores de capitales económicos y mentales, ya han creado suficientes plataformas para mantener a la sociedad ocupada y obediente, una sociedad, que ya no tendrá la capacidad de pensar por si misma, sino de adherirse a un pensamiento colectivo, donde su opinión ya no será valida, pero tampoco tendrá el valor de defenderla, porque le han herido lo más sensible de su ser, su dócil pensamiento, es por eso qué, cualquier plataforma o "red social" le irá indicando al humano la forma de comportarse, así, hasta agotar toda critica que en el resida.

Al mismo tiempo, se estará creando la llamada Inteligencia artificial, la cual podrá sustituir fácilmente a los humanos, porque el humano de por si se pierde asimismo.

La creación de la nueva Inteligencia artificial, estará acaparando todas las ofertas de trabajo, las que anteriormente podían hacer las personas simples, por ejemplo, las personas que trabajan en atención al cliente, serán las primeras personas despedidas, sustituidas, ya no habrá cupo para ellas en la nómina algorítmica de los supermercados o tiendas, todos serán sustituidos, así como poco a poco se les fue sustituyendo su pensamiento y que ahora ya no podrán recuperar.

Actualmente ya se han visto por las calles, que los autos autónomos están ya sustituyendo a los taxistas y los viajantes quedan anonadados y fascinados.

acaso, no es esto preocupante?.

A dónde irá la humanidad menos preparada?

-A ningún lado, no tendrán a donde ir y se quedarán resignados.

La sociedad con menos capacidades, se quedará ahí, algunos buscarán refugio en las migajas que les tirará el gobierno, otros más se suicidarán, se sentirán inservibles, otros más comenzarán a delinquir y serán juzgados y condenados por tecnócratas que tan solo se basarán en el informe de algún algoritmo.

Habrá caos y nadie lo va a parar.

Al paso de los años, seguirán surgiendo activistas que tratarán de crear políticas nuevas y sustentables, incluso políticas contra el cambio climático, pero será demasiado tarde.

Nadie, absolutamente nadie, ha podido detener el calentamiento global y nadie lo podrá hacerlo, pues nosotros somos nómadas espaciales, migrantes cósmicos que nos mudamos de planeta en planeta.

Actualmente nuestro planeta Tierra se encuentra ubicada en la tercera posición rumbo al sol, pero no siempre fue así, miles de millones de años luz atrás, estuvo en la posición de Plutón, pero la fuerza magnética del sol, está atrayendo cada vez más a otros planetas y mientras el tiempo pasa, los planetas van rotando entorno al sol y se van acercando cada vez más a el, sin que nadie lo pueda impedir.

El sol, los está absorbiendo poco a poco, todos los planetas en el sistema solar, entraron por donde ahora se encuentra Plutón y en su recorrido rumbo al sol, poco a poco se han ido transformando, es decir, Mercurio será el próximo planeta en ser consumido por el sol, pero el lugar que actualmente ocupa, no quedará vacío, Venus llegará a donde ahora orbita Mercurio y tomará su forma y sus componentes, habitantes y formas, nuestro planeta, tomará el lugar que ahora ocupa Venus y Marte tomará el lugar que actualmente habita el planeta Tierra, así continuarán los siclos de vida, hasta que el sol explote o nuestra galaxia sea fusionada y succionada por algún agujero negro.

El tiempo, será irrelevante, ya no habrá horas ni días de 24 horas, quizás ya nunca más volverá a rotar el planeta.

Todo cambiará, todo, los pocos humanos que logren sobrevivir a las inclemencias del tiempo, tendrán la oportunidad de migrar a Marte, así como los habitantes de Venus están migrando al planeta Tierra.

Acaso, no te has dado cuenta y es por eso que cada vez tendremos más avistamientos de ovnis, porque son los habitantes de Venus, ellos, los que han logrado escapar de su cambio climático y lograron descubrir que nuestro planeta, está tomando la misma forma que el suyo, tal vez después, ellos nos cazarán para convertirnos en su comida, tal cual lo hicieron nuestros ancestros que cazaban a los animales para comérselos.

Nosotros no evolucionamos en nuestro planeta, nosotros fuimos evolucionando desde que viajábamos en el espacio, así, poco a poco, mientras nos íbamos acercando al planeta tierra, pero solo los millones de estrellas fueron testigos de ello.

La teoría de los "Reptilianos" no es una ficción, ellos son los migrantes cósmicos refugiados en este planeta y que poco a poco se irán reproduciendo, hasta habitarlo por completo y así sucederá con el humano, algunos habitantes del planeta Tierra, migrarán al planeta Marte, pues ese planeta, poco a poco estará tomando la forma del planeta Tierra y pasará lo mismo, tal cual historia que conocemos ahora sobre la humanidad, los que logren llegar a Marte, se olvidarán de todo e iniciarán con una nueva evolución, hasta llegar a ser otra vez una nueva humanidad y serán ellos los encargados de crear nuevos dioses, nuevas costumbre y tradiciones, serán ellos a quienes les tocará seguir preguntándose si habrá vida en otros planetas, la evolución en el planeta Marte, será tal como fue y sucedió en el planeta Tierra, solo ciclos de vida cósmica.

Todo activismo contra el cambio climático, es insuficiente, no se puede evitar el calentamiento global, lo único que podemos hacer, es controlar su aceleración.

Si tomamos en cuenta la física con la que los pájaros se rigen al volar, entonces comprenderemos que si generamos más calor, el movimiento de nuestro planeta se agilizará aún más, creando así un deslizamiento más rápido rumbo al sol, el calor aumenta la velocidad de movimiento y rotación, si la humanidad opta por mantener al planeta no tan caliente, entonces podríamos evitar un avance drástico rumbo al sol, jamás podremos evitar nuestro rumbo, pero si retardar su avance, sin embargo, para ello, se requiere cambiar la mentalidad de las personas, se requerirá volver a un orden que aleje a toda farsa ideológica, así también, qué el humano acepte su incompetente labor al querer generar más confort para la gente.

La ambición de la cúpula capitalista, no tendrá remordimiento alguno y continuará creando nuevas ideas para continuar dándole al humano, lo que abastece las necesidades que ellos mismos le han creado.

Nadie merece vivir así, sin embargo, el molde con el que le han castrado la imaginación al humano, no le permite discernir entre lo real y lo ficticio, por lo tanto, no podrá salir de ese confort mental y yacerá casi muerto, entretenido por las imágenes bélicas y vertiginosas que le presenta esa diminuta caja cibernética llamada Teléfono móvil.

Se olvidará poco a poco de su humanidad y se adaptara, así, como cualquier adaptador más a su teléfono, dejará de pensar por él mismo y cuándo a su teléfono le falte batería y se apague, se sentirá aislado, solo y desprotegido, la tristeza lo inundará hasta poder llegar a una toma eléctrica y cargar su teléfono, entonces, lo primero que buscará; serán los comentarios, los likes, porque sin ellos, su existencia será absurda.

La des-humanización, ha creado nuevos patrones de conducta y ha hecho que las nuevas generaciones, se desarrollen agresivamente sensibles y radicales, todo lo van a querer censurar, sus géneros sexuales inventados, tratarán de modificar hasta lo constituido por derecho.

Aferrados a sus pensamientos e ideologías absurdas, buscarán participar en los Partidos políticos, tan solo para respaldar su farsante ideología de inclusión.
Las miles de personas que saldrán a las calles a manifestarse cuando les presentes algo diferente a su conductismo nefasto y amorfo, seguirán a los líderes que hablen bonito y que les oculte la verdad, porque la verdad, será algo que su sensible pensamiento, no podrá tolerar.

Ellos, los "inclusivos" vivirán devastados, pues una ideología social, sin fundamento científico, no podrá prevalecer para siempre, su nefasta mentalidad, hará que ellos mismos se decepcionen de entre si mismos y se segreguen en pequeñas castas urbanas, vivirán arrepentidos y lo peor será que no tendrán dinero, pues ya no tendrán la capacidad de producir y mucho menos de reproducirse.

Mientras todo eso sucede, los otros, los de la cúpula de poder, se estarán preparando para que en cualquier momento puedan migrar y dejar a la humanidad sumergida en una catástrofe imparable.

Una crisis humanitaria, hará que la sociedad se vire contra sus semejantes, hasta quedar consumidos por el cambio climático…

Adiós mundo cruel.

Nadie, absolutamente nadie se escapa del sol.

Aquí, a no hay nada más.

Ya no hay página atrás…

LETRAS AMORFAS

Ahora estoy en el altar
donde reposan los poetas y sus poemas muertos,
plumas sin tinta,
páginas vacías,
almas que vagan sin rumbo,
cuerpos reservados.

Mirar sin mirarte,
sentirte estando ausente,
busco la muerte, me abandona.

Busco, no busco, me buscas,
no estoy, me fui más allá,
Sí, allá donde las letras se convierten en
cenizas,
Donde los poemas se leen normal, sin intrépidas
interpretaciones.
pues quién dijo qué un poema es
para entristecer el alma,
para enamorar, para tomarse una copa de vino,
para reunirse a beber café en una tertulia
intelectual,
rodeado de señoras pérfidas o de pulcros
adolescentes eyaculados.

Cesáreo Naranjos

Fin, se acabó... No continúa.